Na travessia do tempo
· crônicas ·

Manuel Bandeira

Na travessia do tempo
· crônicas ·

Ilustrações
Flavio Pessoa

Organização e apresentação
Gustavo Henrique Tuna

1ª edição
São Paulo
2024

© Condomínio dos Proprietários dos Direitos Intelectuais de
Manuel Bandeira
Direitos cedidos por Solombra – Agência Literária
(solombra@solombra.org)

1ª Edição, Global Editora, São Paulo 2024

Jefferson L. Alves – diretor editorial
Flávio Samuel – gerente de produção
Gustavo Henrique Tuna – organização e apresentação
Amanda Meneguete – coordenação editorial
Jefferson Campos – analista de produção
Flavio Pessoa – ilustrações
Taís Lago – coordenação de arte
Equipe Global Editora – produção editorial e gráfica

A Global Editora agradece à Solombra – Agência Literária pela
gentil cessão dos direitos de imagem de Manuel Bandeira.

Dados Internacionais de Catalogação na Publicação (CIP)
(Câmara Brasileira do Livro, SP, Brasil)

Bandeira, Manuel, 1886-1968
   Na travessia do tempo / Manuel Bandeira ; organização
e apresentação Gustavo Henrique Tuna ; [ilustração Flavio
Pessoa]. – 1. ed. – São Paulo : Global Editora, 2024.

   ISBN 978-65-5612-521-3

   1. Crônicas brasileiras I. Tuna, Gustavo Henrique. II. Pessoa,
Flavio. III. Título.

24-197438   CDD-B869.8

Índices para catálogo sistemático:
1. Crônicas : Literatura brasileira   B869.8

Cibele Maria Dias - Bibliotecária - CRB-8/9427

Obra atualizada conforme o
NOVO ACORDO ORTOGRÁFICO DA LÍNGUA PORTUGUESA

Global Editora e Distribuidora Ltda.
Rua Pirapitingui, 111 – Liberdade
CEP 01508-020 – São Paulo – SP
Tel.: (11) 3277-7999
e-mail: global@globaleditora.com.br

g grupoeditorialglobal.com.br   **X** @globaleditora
f /globaleditora   **◉** @globaleditora
▶ /globaleditora   **in** /globaleditora
💬 blog.grupoeditorialglobal.com.br

Direitos reservados.
Colabore com a produção científica e cultural.
Proibida a reprodução total ou parcial desta
obra sem a autorização do editor.

Nº de Catálogo: **4631**

Na travessia do tempo
· crônicas ·

Sumário

Apresentação – *Gustavo Henrique Tuna* • 8

Família

Minha mãe • 12
Cheia! As cheias!... • 16
Totônio • 18
Meu sobrinho Prudente • 21

Amigos

Mário de Andrade • 26
Sou provinciano • 30
Poeta da indecisão delicada • 32
Lins do Rego: o romancista e o homem • 39
Oswald • 42
Notícias de Cícero • 45
Santa • 50

Cidades

Recife • 54
Rio antigo • 56
Crônica de Petrópolis • 59
Caruaru • 63
Visita a São Paulo • 65
Declaração de amor • 68
Paris • 70
Pasárgada • 72

Festas

São João • 76
Carnaval • 79
Está morrendo mesmo • 82
A festa de N. S. da Glória do Outeiro • 85
Os maracatus de Capiba • 90

Origem dos textos • 93
Sobre o ilustrador • 94
Sobre o organizador • 94
Sobre o autor • 95

Apresentação

sta antologia de crônicas apresenta aos jovens leitores as trilhas percorridas por um dos escritores que mais exerce influência na literatura brasileira até os dias de hoje: Manuel Bandeira. Dividida em quatro eixos temáticos – família, amigos, cidades e festas –, esta coletânea traz textos em prosa de Bandeira que, assim reunidos, disponibilizam um panorama rico para todos aqueles que desejem conhecer segmentos importantes de sua vida.

Na parte de sua vivência em família, figura a crônica cheia de ternura sobre sua mãe e até uma sobre Prudente de Morais Neto que, ainda que não tivesse laços de sangue com o poeta, nutria por ele carinho tão grande que o adotara como seu tio. As eternas amizades que

Bandeira cultivou estão presentes em textos sobre os escritores Mário de Andrade, Ribeiro Couto, José Lins do Rego, entre outros. Das cidades que fizeram seus olhos brilhar, não poderiam faltar suas impressões repletas de saudosismo sobre Recife, sua cidade natal, e sobre o Rio de Janeiro, onde fixou-se a partir da mocidade. Nesta parte, tomamos a liberdade de incluir a delicada crônica "Pasárgada", nome da cidade que o poeta inventou para si e se tornou conhecida com o seu famoso poema "Vou-me embora pra Pasárgada". As vivências do povo nas festas de rua estão aqui magistralmente narradas por Bandeira, como as dedicadas ao Carnaval e a São João.

Nesta coletânea, no caso das crônicas que trazem datas nos livros em que foram publicadas – o que nem sempre se verifica – tais registros temporais foram preservados.

Por meio desta jornada pelas quatro dimensões do percurso biográfico do poeta, os leitores se aproximam do universo de Bandeira que, com sua prosa leve e envolvente, conduz todos a acompanhar sua travessia no tempo de uma vida inteira.

Boa leitura!

Gustavo Henrique Tuna

Família

Eu, poeta oficial da família,

Minha mãe

O livro mais precioso de minha biblioteca é um velho caderninho de folhas pautadas e capa vermelha, comprado na Livraria Francesa, rua do Crespo, 9, Recife e em cuja página de rosto se lê: "Livro de assentamento de despesas. Francelina R. de Souza Bandeira". Francelina Ribeiro de Souza Bandeira era o nome de minha mãe. Mas toda a gente a conhecia e tratava por dona Santinha. Em meu poema dos "Nomes" escrevi:

Santinha nunca foi para mim o diminutivo
[de Santa.
[...]
Santinha eram dois olhos míopes, quatro
[incisivos claros à flor da boca.
Era a intuição rápida, o medo de tudo, um certo
[modo de dizer "Meu Deus valei-me".

Até hoje não pude compreender como tão completamente pude dissociar o apelido Santinha (mas só na pessoa de minha mãe) do diminutivo de santa. Santinha é apelido que só parece bom para moça boazinha, docinha, bonitinha – em suma mosquinha-morta, que não faz mal a ninguém. Minha mãe não era nada disso. E conseguiu, pelo menos para mim, esvaziar a palavra de todo o seu sentido próprio e reenchê-lo de conteúdo alegre, impulsivo, batalhador, de tal modo que não há para mim no vocabulário de minha língua nenhuma palavra que se lhe compare em beleza cristalina e como que clarinante.

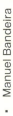

Manuel Bandeira

Mas voltemos ao caderninho. Ilustra ele curiosamente a desvalorização de nossa moeda. Iniciado em fevereiro de 1882 (minha mãe casara-se em janeiro), contém naquele ano e nos anos seguintes apontamentos como estes:

Calçado pra mim ....9$000

Uma lata de bolachinhas...........................1$000

Tesoura e escova...1$900

Espartilho e chapéu de sol......................25$000

Uma missa..3$000

Ordenado de Vicência cozinheira...........17$000

12 galinhas..10$000

Há alguns longos hiatos nesse registro quase diário. O que me interessa mais particularmente é o que ocorre no dia 18 de abril de 1886, porque no dia seguinte nascia eu. Lá para o fim do caderno vem esta nota:

Nasceu meu filho Manuel Carneiro de Souza Bandeira Filho, no dia 19 de abril de 1886, 40 minutos depois de meio-dia, numa segunda-feira santa. Foi batizado no dia 20 de maio, sendo seus padrinhos seu tio paterno dr. Raimundo de Souza Bandeira e sua mulher dona Helena V. Bandeira.

Sempre me acharam muito parecido com minha mãe. Só no nariz diferíamos. A semelhança estava sobretudo nos olhos e na boca. Saí míope como ela, dentuço como ela. Há dentuços simpáticos e dentuços antipáticos. Muito tenho meditado sobre esse problema da antipatia de certos dentuços. Creio ter aprendido com minha mãe que o dentuço deve ser rasgado para não se tornar antipático. O dentuço que não ri para que não se perceba que ele é dentuço está perdido. Aliás, de um modo geral, a boca amável é a boca em que se vê claro. Era o caso de minha mãe: tinha o coração, já não digo na boca mas nos dentes, e estes eram fortes e brancos, alegres, sem recalque: anunciavam-na. Moralmente julgo ser muito diferente dela, mas fisicamente sinto-me cem por cento dela, que digo? sinto-a dentro de mim, atrás de meus dentes e de meus olhos. Moralmente sou mais de meu pai, e alguma coisa de meu avô, pai de minha mãe. Sinto meu avô materno nos meus cabelos, sinto-o em certos meus movimentos de cordura. Naturalmente essas coisas me vieram através de minha mãe. Minha mãe transmitiu-me traços de meu avô que, no entanto, não estavam nela. Que grande mistério que é a vida! Minha mãe era espontânea, sabia o que queria, não era nada tímida: ótimas qualidades que não herdei. Notou Mário de Andrade como em minha poesia a ternura se trai quase sempre pelo diminutivo; creio que isso (em que eu não tinha reparado antes da observação de Mário) me veio dos diminutivos que minha mãe, depois que adoeci, punha em tudo que era para mim: "o leitinho de Neném", "a camisinha de Neném"... Porque ela me chamava assim, mesmo depois de eu marmanjo. Enquanto ela viveu, foi o nome que tive em casa, ela não podia acostumar-se com outro. Só depois que morreu é que passei a exigir que me chamassem – duramente – Manuel.

Cheia! As cheias!...

Meu avô Costa Ribeiro morava na rua da União, bairro da Boa Vista. Nos meses do verão, saíamos para um arrabalde mais afastado do bulício da Cidade, quase sempre Monteiro ou Caxangá. Para a delícia dos banhos de rio no Capibaribe. Em Caxangá, no chamado Sertãozinho, a casa de meu avô era a última à esquerda. Ali acabava a estrada e começava o mato, com os seus sabiás, as suas cobras e os seus tatus. Atrás de casa, na funda ribanceira, corria o rio, à cuja beira se especava o banheiro de palha. Uma manhã, acordei ouvindo falar de cheia. Talvez tivéssemos que voltar para o Recife, as águas tinham subido muito durante a noite, o banheiro tinha sido levado. Corri para a beira do rio. Fiquei siderado diante da violência fluvial barrenta. Puseram-me de guarda ao monstro, marcando

com toquinhos de pau o progresso das águas no quintal. Estas subiam incessantemente e em pouco já ameaçavam a casa. Às primeiras horas da tarde, abandonamos o Sertãozinho. Enquanto esperávamos o trem na Estação de Caxangá, fomos dar uma espiada ao rio à entrada da ponte. Foi aí que vi passar o boi morto. Foi aí que vi uns caboclos em jangadas amarradas aos pegões da ponte lutarem contra a força da corrente, procurando salvar o que passava boiando sobre as áquas. Eu não acabava de crer que o riozinho manso onde eu me banhava sem medo todos os dias se pudesse converter naquele caudal furioso de águas sujas. No dia seguinte, soubemos que tínhamos saído a tempo. Caxangá estava inundada, as águas haviam invadido a igreja...

23-3-1960

Totônio

Faz cem anos, hoje, que nascia, em Pernambuco, Antônio de Siqueira Carneiro da Cunha, irmão de José Mariano. Não teve a celebridade do mano, por grandes que fossem as suas qualidades, porque foi um desses homens alérgicos ao sucesso, embiocados, cujo mérito só se torna conhecido de algumas dúzias de amigos e admiradores. Se a Academia não estivesse em férias, eu não deixaria de fazer perante os meus confrades o elogio desse para mim saudosíssimo membro da ilustre família dos Carneiro da Cunha, a que me orgulho de pertencer pelo costado de minha avó paterna. Antônio de Siqueira Carneiro da Cunha não foi senão médico, mas bem cabia relembrá-lo na Casa de Machado de Assis, porque havia

nele um douto latinista, capaz de cunhar um hexâmetro perfeito, e na primeira mocidade façanhou com brilho, polemizando contra quem? Tobias Barreto.

Mas Antônio de Siqueira Carneiro da Cunha, lá em casa, desde que me entendi, era Totônio. Meu pai adorava-o. Meu tio Raimundo, grande médico, era dele que se socorria nos casos desesperados. E eu fui um desses casos desesperados.

Totônio Carneiro da Cunha era um clínico inteligentíssimo. Doente quer é ficar bom, seja lá na mão de quem. Quando isso não é possível, o que deseja do médico é que explique os sintomas. Totônio, no seu jeito pachorrento e taciturno, explicava tudo. Com tão refinada astúcia, que o desenganado revivia a cada explicação. Certa vez que uns sintomas estranhos me inquietavam do lado do pulmão direito, pedi a Totônio que me esclarecesse. Imediatamente ele improvisou uma explicação cabal para o que eu sentia. Eu bem via que ele estava equivocado, pensando que se tratasse do pulmão esquerdo. O que lhe fiz ver. Pois não menos imediatamente começou ele a fabricar uma segunda explicação.

– Afinal, você tem explicação para tudo, está é me tapeando. Para o pulmão direito é isso e tal; para o esquerdo, aquilo e qual.

E ele:

– Você quer é uma explicação, não é? Pois aí a tem!

Meses depois entrei numa crise tão braba que os meus apelaram para a homeopatia. Como apelariam para o espiritismo, reza de caboclo ou qualquer outro expediente assim. Meu tio Raimundo danou-se. Totônio danou-se. Mas vejam o que era a bondade daquele homem. Tempos depois, eu estava fora do Rio. Murtinho pediu que eu fosse auscultado por algum bom médico, e quem me veio auscultar, sabendo que era para informar Murtinho? Totônio! Duas vezes ele fez isso. Da segunda eu estava em Petrópolis. Instamos com ele para que ficasse uns dois dias conosco. Escusou-se: não podia, tinha que embarcar no dia seguinte para Poços de Caldas. Era o *rendez-vous* com a morte no quilômetro 32 da Mogiana. 25 de fevereiro. Morreu Carneiro da Cunha na véspera de completar 56 anos.

27-2-1957

Meu sobrinho Prudente

Os amigos são parentes que a vida nos concede fora dos laços de sangue. Tenho, graças a Deus, muitos desses parentes. Na primeira linha deles está Prudente de Morais, neto (Pedro Dantas), que, para afirmação particular e pública do bem que sempre me quis desde que nos conhecemos, me adotou como tio. Eis uma das maiores e mais gratas homenagens que já recebi em minha vida.

Em meu sobrinho Prudente pressenti que havia, na sombra do poeta de "A Cachorra", um grande crítico de poesia – o grande crítico de poesia até hoje faltando à literatura brasileira. Por isso, quando o repórter do *Jornal do Brasil* me perguntou que nomes eu indicaria para ocupar-se de minha obra no curso patrocinado pelo Departamento de História e Documentação da Prefeitura carioca, incluí logo o de Prudente para o tema "Acre sabor na poesia de M. B.".

"Acre sabor" é expressão minha no poema "Desencanto", mas foi Prudente (e aí está uma prova do grande crítico de poesia que há nele) quem lhe revelou, e até a mim mesmo, o seu sentido profundo, assinalando nesse "acre sabor" a nota mais pessoal e característica de toda a minha obra poética. A conferência de Prudente seria o estudo em profundidade desse tema, apenas esboçado nas páginas por ele escritas para o volume da *Homenagem a M. B.*

Pedro Dantas desenganou-nos: não terei, não teremos, leitores, o prazer dessa demonstração, que seria certamente uma grande peça, ainda que o crítico se diga fora de forma. Fora de forma não estará. O que se passa é que Prudente é um desses homens de dedicações totais. Agora anda entregue de corpo e alma ao jornalismo político, no que eu vejo não a vocação jornalística, mas a vocação política, herdada do avô, com quem o neto fisicamente tanto se parece no olhar e na implantação dos cabelos na testa. À falta de outra oportunidade essa vocação está se exercendo na sua modalidade mais ingrata e (Deus queira que me engane!) mais inútil: a doutrinação cotidiana, metódica, paciente, infatigável. Sei que meu querido sobrinho põe nessa tarefa os prodígios de amor do seu grande e raro coração. Valerá a pena? Tenho vontade de repetir o final dolorido do soneto de Quental: "Não, não valia a pena!"

Prudente, Prudentico, Pru, como te chamava Mário de Andrade, não dissertarás sobre o "acre sabor", com acre decepção o digo, mas é com o mesmo carinho que repito aqui a minha resposta à tua saudação habitual: Deus te abençoe!

1-1-1958

Amigos

Como melhor precisar
Esta palavra amizade?

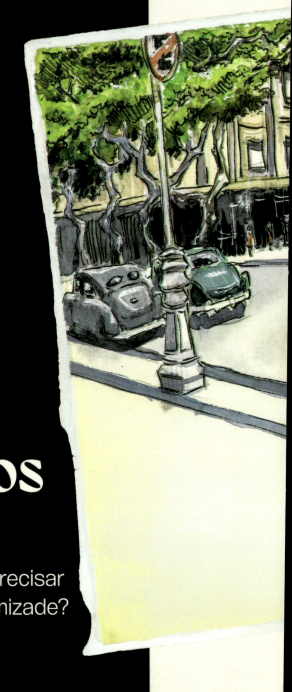

Mário de Andrade

O meu primeiro contato com o poeta de *Pauliceia desvairada* declanchou em mim um movimento de repulsão: achei detestável o seu primeiro livro (*Há uma gota de sangue em cada poema*). Somente,

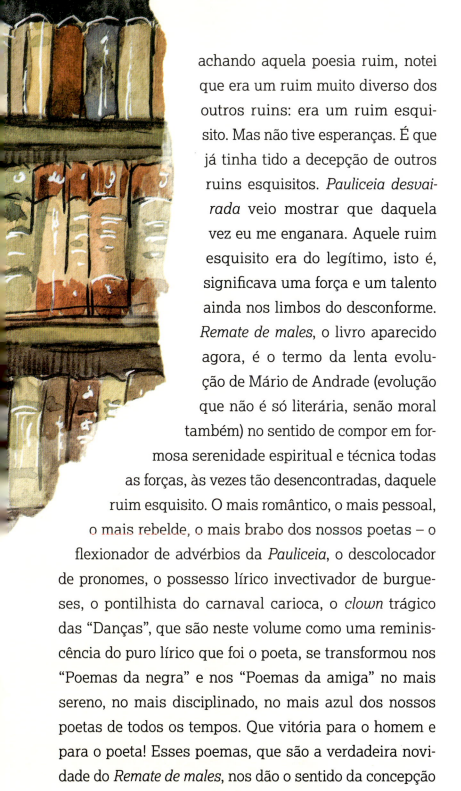

achando aquela poesia ruim, notei que era um ruim muito diverso dos outros ruins: era um ruim esquisito. Mas não tive esperanças. É que já tinha tido a decepção de outros ruins esquisitos. *Pauliceia desvairada* veio mostrar que daquela vez eu me enganara. Aquele ruim esquisito era do legítimo, isto é, significava uma força e um talento ainda nos limbos do desconforme. *Remate de males*, o livro aparecido agora, é o termo da lenta evolução de Mário de Andrade (evolução que não é só literária, senão moral também) no sentido de compor em formosa serenidade espiritual e técnica todas as forças, às vezes tão desencontradas, daquele ruim esquisito. O mais romântico, o mais pessoal, o mais rebelde, o mais brabo dos nossos poetas – o flexionador de advérbios da *Pauliceia*, o descolocador de pronomes, o possesso lírico invectivador de burgueses, o pontilhista do carnaval carioca, o *clown* trágico das "Danças", que são neste volume como uma reminiscência do puro lírico que foi o poeta, se transformou nos "Poemas da negra" e nos "Poemas da amiga" no mais sereno, no mais disciplinado, no mais azul dos nossos poetas de todos os tempos. Que vitória para o homem e para o poeta! Esses poemas, que são a verdadeira novidade do *Remate de males*, nos dão o sentido da concepção de felicidade a que chegou o poeta: a de conformidade com o seu destino. Por maior que seja a incompreensão em que nos deixam muitas das imagens dos "Poemas da negra" e "da amiga", é impossível ficar insensível ao tom de repousante calma que todos eles respiram, uma impressão de altura em que se perdem os ecos odientos da controvérsia humana e aonde só chegam os harmônicos de um lirismo sutilmente, tão sutilissimamente organizado. É incrível ter o poeta chegado a isso. Não há exemplo disso em nossa poesia. Os ingleses é que são assim. Essa ardência que não consome, esse afeto que não mela nunca, essa transubstanciação de sentimentos em pensamento é uma especialidade deles. Mário de Andrade vinha se dirigindo para esses climas líricos desde a "Louvação da tarde", que é um dos seus mais fortes e belos poemas, da "Manhã", que sei? talvez de antes mesmo, daquele "Momento" de novembro de 1925. Os "Poemas da negra" e os "da amiga" parecem vir de um isolamento enorme, mas de um isolamento em que não se pode falar nem de tristeza nem de alegria. Será de indiferença? "Que indiferença enorme!" diz um verso. Mas não é indiferença não. É antes sabedoria. Tenho de dar marcha a ré: é serenidade, é conformidade com o destino, é, em uma palavra – felicidade.

Nos "Poemas da negra" eu gosto muito da maneira por que o poeta tratou a Negra e o Recife. A Negra é bem negra naquele grito de carinho em que lhe diz:

Te vejo coberta de estrelas,
Coberta de estrelas,
Meu amor!

O Recife está bem nestes versos em que há a calma das tardes no Capibaribe:

O que me esconde
É o momento suave
Com que as casas velhas
São velhas, morenas,
Na beira do rio.

Dir-se-ia que há madressilvas
No cais antigo...

Negras e cidades do Brasil são temas exóticos. Mesmo nos brasileiros. Uma coisa cacete nas nossas tentativas de assuntos nacionais é que os tratamos como se fôssemos estrangeiros: não são exóticos para nós e nós os exotizamos. Falamos de certas coisas brasileiras como se as estivéssemos vendo pela primeira vez, de sorte que em vez de exprimirmos o que há nelas de mais profundo, isto é, de mais cotidiano, ficamos nas exterioridades puramente sensuais. Mais uma lição que nos dá o poeta! Porque ele nos tem dado tantas: salvo talvez o Oswald de Andrade, que com ele são os dois temperamentos poéticos mais originais, as duas personalidades mais marcadas que possuímos, não há poeta modernista, grande ou pequeno, que não lhe deva alguma coisa. Os grandes fizeram estrada real no rastro deste abridor de picadas.

Sou provinciano

Sou provinciano. Com os provincianos me sinto bem. Se com estas palavras ofendo algum mineiro requintado peço desculpas.[1] Me explico: as palavras "província", "provinciano", "provincianismo" são geralmente empregadas pejorativamente por só se enxergar nelas as limitações do meio pequeno. Há, é certo, um provincianismo detestável. Justamente o que namora a "Corte". O jornaleco de município que adota a feição material dos vespertinos vibrantes e nervosos do Rio, – eis um exemplo de provincianismo bocó. É provinciano, mas provinciano do bom, aquele que está nos hábitos do seu meio, que sente as realidades, as necessidades do seu meio. Esse sente as excelências da província. Não tem vergonha da província, – tem é orgulho. Conheço um sujeito de Pernambuco, cujo nome não escrevo porque é tabu e cultiva grandes pudores esse provincianismo[2]. Formou-se em Sociologia na Universidade de Colúmbia, viajou a Europa, parou em Oxford, vai dar breve um livrão sobre a formação da vida social brasileira... Pois timbra em ser provinciano, pernambucano, do Recife. Quando dirigiu um jornal lá, fez questão de lhe dar feitio e caráter bem provincianos. Nele colaborei com delícia durante uns dois anos. Foi nas páginas da *A Província* que peguei este jeito provinciano de conversar. No Rio lá se pode fazer isso? É só o tempo de passar, dar um palpite, "uma bola", como agora se diz, nem se acredita em nada, salvo no primeiro boato...

12-3-1933

---

[1] Crônica escrita para o *Estado de Minas*, de Belo Horizonte.

[2] Manuel Bandeira refere-se, nesta crônica, ao sociólogo pernambucano Gilberto Freyre (1900-1987). (N.O.)

Poeta da indecisão delicada

I

Ribeiro Couto me foi apresentado, em 1919, por Afonso Lopes de Almeida. Este foi, durante muitos anos, o único amigo literato que eu tive. Ribeiro Couto é que, com a sua prodigiosa capacidade de "homem cordial", iria pôr-me em contato com todos os poetas que ele conhecera pessoalmente num ano que vivera em São Paulo e nos poucos meses que tinha do Rio. Foi assim que, só depois do *Carnaval*, vim a avistar-me com Goulart de Andrade, Álvaro Moreyra, Rodrigo M. F. de Andrade, Raul de Leoni, Ronald de Carvalho e os modernistas de São Paulo – Mário de Andrade, Oswald de Andrade e seus companheiros.

Naquele tempo Couto cultivava, na sua pessoa e na sua poesia, uma disciplinadíssima discrição. Não gesticulava, não se exaltava. O que ele chama "o seu tormento sem esperança" tinha "o pudor de falar alto". Mais tarde, voltou a gesticular, a exaltar-se, e com arrastante loquela, o que era, aliás, muito mais conforme o seu temperamento extrovertido, abundante, generoso. Lembro-me, como se fosse hoje, de sua primeira visita. Impressionou-me o seu *pince-nez* de aros de tartaruga, que o envelhecia e lhe dava certa parecença com Max Elskamp, como este foi desenhado por Valloton no *Livre des masques* de Rémy de Gourmont. Couto leu, antes sussurrou um soneto inspirado por uma negra ("A raça te entristece!"), a que ele não deu a honra da inclusão no *Jardim das confidências*, seu primeiro livro de poemas.

Couto foi como Bilac: quando estrearam já tinham ambos alcançado o perfeito domínio da técnica do verso e neste sentido não se acrescentariam. Isso mesmo que lhe disse, tomado de grande admiração, quando, dias depois do nosso primeiro encontro, conversei uns momentos com ele na Livraria Garnier.

– Porque, afinal de contas, você tem apenas 21 anos!

– Incompletos, advertiu Couto em tom pianíssimo.

Hoje o poeta-embaixador, embaixador do governo brasileiro em Belgrado, embaixador de nossas letras na Europa, poeta bilíngue, prêmio de *Les Amitiés Françaises*, completa sessenta anos.

Ah Couto, Coutinho, Ruy, como te chamava tua mãe e te chamam os teus amigos sérvios de Belgrado, lembras-te de que naquele encontro de livraria me segredaste, em voz falsamente pressaga, que não chegarias aos trinta anos? Teu pai morrera cedo e estavas certo de morrer prematuramente como ele.

Dois poetas conheço que se enganaram redondamente em suas fúnebres apreensões: Ribeiro Couto e Augusto Frederico Schmidt. Schmidt pelo mesmo motivo de Couto: a morte do pai em plena mocidade. Um entrou na casa dos cinquenta, outro entra agora na dos sessenta. Mas para ambos a casa já não tem importância: ambos estão instalados na imortalidade a que têm direito como grandes poetas que são.

12-3-1958

II

Já escrevi uma vez, mais de uma vez, que Ribeiro Couto é desses poetas que aos vinte anos atingem a mestria de sua arte. Do ponto de vista da técnica, os primeiros versos do poeta têm a mesma perfeição dos mais recentes. O que houve através dos anos foi o amadurecimento da sensibilidade e com ele o aprimoramento, o enriquecimento da expressão e dos ritmos. Ribeiro Couto começou por demais afeiçoado no ritmo langoroso e às aliterações do alexandrino simbolista: "O olhar nevoento... o passo lento... sonolento..." Versos como esse eram frequentes, demasiado frequentes nos poemas do *Jardim das confidências*. Quando veio a revolução modernista o poeta quase que só aceitou dele o verso livre. Ficou insensível ao entusiasmo de Graça Aranha. Sua poesia continuou sempre sendo a anotação arguta dos momentos raros da vida, aqueles momentos de "indecisão delicada". Momentos de subúrbio, digamos assim, quando do luar descem coisas – "certas coisas". Nunca lhe interessaram as polêmicas sobre o que seja poesia. "É poesia? Não é poesia? Quem saberá jamais?" Todos os problemas estavam resolvidos para ele "pela aceitação da simplicidade". A evolução da poesia de Couto foi esta: aproximação cada vez maior da simplicidade. Talvez esteja nisso a explicação da preferência que ele veio dando nos últimos anos aos metros curtos, de cinco e quatro sílabas, dentro dos quais tem produzido algumas obras-primas como "Elegia", "Tágide", "Ria de Aveiro" e outros poemas de *Entre mar e rio*.

2-11-1960

III

Em 26 de maio, dois dias antes de ser acometido de um enfarte, quatro dias antes de morrer, escreveu-me Ribeiro Couto, e foi sem dúvida uma de suas últimas cartas, senão a última, muito contente de regressar breve e definitivamente ao Brasil. Sentia-se bem, só que declarava precisar emagrecer: estava com 102 quilos e queria antes de embarcar fazer uma cura em Brides-les-Bains para reduzir o seu peso a 95 no máximo. Toda a sua carta respirava a alegria do que chamava *le retour à la réalité*: "Quero reintegrar-me no ano de 1943, como se estes vinte últimos anos nada fossem". A carta só me chegou ontem, 3 de junho, como um adeus póstumo.

Há uns dois meses havia eu recebido uma carta de Gilberto Amado na qual me contava o choque profundo que lhe causara o seu recente encontro com Ribeiro Couto: o contraste patético entre a situação daquele homem praticamente cego e a esplêndida coragem com que ele se sobrepunha a ela e falava todo o tempo, cheio de animação e projetos, numa verdadeira euforia. E concluía Gilberto: "Bandeira, prepare-se para o choque". Preparei-me para o choque. E ele veio, mas foi outro, foi o da morte, quase súbita.

Essa impressão de Gilberto põe em plena luz a qualidade moral mais alta de Ribeiro Couto – a sua infracassável virilidade, de que não suspeitaria quem quer que só o conhecesse pela sua obra de poeta, que foi, sobretudo nos primeiros livros, de uma doçura, de um sentimentalismo, que raiava muitas vezes pela pieguice. No poema

"O desconhecido", que o velho João Ribeiro apreciava tanto, contava o poeta:

> Quem é esse que está, sob a lâmpada morta,
> Infantil, a chorar debruçado na mesa?
> Olá, rapaz, que tens? Conta... Contar conforta.
>
> E em tua boca eu sinto estrangulada, presa,
> A confissão que assim, sob a lâmpada morta,
> Entre livros, terá mais tristeza, tristeza...
>
> Pões os olhos em mim: pobres olhos molhados
> Em que o pranto desceu como que um véu
> [vermelho.
> Conta o que tens... Enxuga os olhos
> [desgraçados...
> E ele chorava para mim, dentro do espelho.

Essa extrema doçura da poesia de Couto vinha dos temas – os romances perdidos, a mocidade inquieta, a espera inútil – e da técnica simbolista assimilada dos poetas franceses. Couto foi desde os vinte anos um mestre no alexandrino desparnasianizado: gostava de eliminar-lhe a cesura mediana, acentuando-o na quarta e oitava sílabas, ou na terceira e na oitava. A isso juntava as aliterações, as rimas interiores, as reticências:

> O olhar nevoento... o passo lento... sonolento...

É que a poesia sempre foi para ele como que o seu "jardim de confidências". O homem de ação, intrépido diante de qualquer perigo, consentia em chorar nos seus versos. Salvo numa parte de sua obra, principalmente em *Noroeste e outros poemas*, onde cantou em voz alta com entusiasmo o seu estado natal, preferia chamar a atenção dos distraídos para os instantes fugazes e delicados da vida. Todo ele está neste poema intitulado "O delicioso instante":

> O crepúsculo desceu de manso.
> E apesar do céu ainda claro
> A cidade ficou em penumbra.
>
> Vai cair a noite.
> Vão acender-se os combustores.
> E desaparecerá esta indecisão delicada.
>
> É o momento de partir para sempre, sem dor...

Ribeiro Couto foi acima de tudo e por excelência o poeta desses instantes "de indecisão delicada". Quando eu me encontro na rua nessa hora do lusco-fusco em que se pressente o próximo acender-se dos combustores, sempre penso em Couto, na sua fina sensibilidade, no seu amor da "indecisão delicada". E neste momento estou me perguntando: será que na hora da morte lhe terá sido dado, como ele tanto merecia, um instante desses, para ele "partir para sempre sem dor"?

1963

Lins do Rego:
o romancista e o homem

Da saudação a Afonso Arinos de Melo Franco na Academia

Certa vez entrei na Confeitaria Colombo e deparou-se-me coisa que é rara ali: uma comprida mesa cheia de alegres convivas. Quase todos eram cabeças-chatas na flor da idade. Imediatamente palpitei: o *scratch* cearense de futebol! E era mesmo. Enquanto almoçava, fiquei observando-os. E o tipo físico dos jogadores, o plano braquicéfalo, uma ou outra inflexão cantada que me chegava aos ouvidos me foram enchendo de uma estranha emoção, em que ao cabo reconheci o velho sentimento de pátria, despertado assim mais fortemente do que por manifestações oficiais ou de encomenda. Senti-me então torrencialmente submergido naquela "onda viril de fraterno afeto" a que fiz alusão no meu poema do "Marinheiro triste".

Pois bem: a mesma aura de emoção, o mesmo amor da pátria total identificada numa expressão regional me salteou desde as primeiras páginas de *Fogo morto*.

Dizia-se que Lins do Rego só era bom mesmo na psicologia dos fracassados, dos indivíduos de vontade fraca, do tipo de Carlos de Melo: o mestre José Amaro e sobretudo Vitorino Carneiro da Cunha – Vitorino Carneiro da Cunha, não! Capitão Vitorino Carneiro da Cunha, o homem pagou patente e a defendia no campo da honra! – vieram mostrar que o nosso amigo trazia todo o Nordeste no sangue. E justamente o Capitão Vitorino me parece de longe a criação mais acabada, mais viva, de toda a sua galeria de tipos. Aquele Quixote do Nordeste não precisou de novelas de cavalaria para esquentar a imaginação e criar fibra de herói andante, defensor dos pobres e paladino da justiça. Não tinha sequer um Sancho Pança a acompanhá-lo, não queria auxílio de ninguém e toda a sua fortuna era o punhal de Pasmado e uma burra velha caindo aos pedaços pelas estradas. Mentiroso sem baixeza, vadio sem preguiça, valentão sem muque, desacatado até pelos garotos que o enfureciam ao gritarem de longe a alcunha indecente, Vitorino – dobro a língua, o Capitão Vitorino, – mal escondia debaixo dos seus despropósitos uma pureza de criança. E só mesmo os demônios como os cangaceiros de Antônio Silvino ou os *macacos* da volante do Tenente Maurício ousavam bater-lhe. Mas Vitorino Carneiro da Cunha jamais foi moralmente vencido. As cenas em que o romancista descreve a intrepidez desbocada do velho em face da crueldade dos bandidos do cangaço ou da polícia estadual são verdadeiramente épicas e se colocam, como a da surra terapêutica do Mestre José Amaro na filha doida, entre as mais fortes de sua obra, se não ainda de toda a ficção brasileira.

Os romances de José Lins encantavam-me duas vezes: quando eu os lia e antes, quando, na fase em que ele os estava escrevendo, me ia narrando os sucessivos episódios. O romancista falava, então, não como se me estivesse expondo a sua ficção, mas como se falasse de personagens reais de carne e osso. Era uma delícia. E a obra sempre lhe saía da pena com aquele calor humano que fazia esquecer certas falhas do escritor, avesso ao trabalho de reler e emendar (sabe-se que escrevia sem rasuras e só corrigia uma vez – quando ditava o texto original para a datilógrafa).

O homem Lins do Rego valia o romancista. Os seus defeitos eram todos defeitos nascidos da generosidade. Dizem que como fiscal do imposto de consumo nunca multou ninguém. Não estava certo, mas a falta resultava do seu bom coração. Nunca errou por mesquinharia. Era homem sem *bondades*, como disse nordestinamente de certa personagem de um dos seus romances: sem *bondades*, quer dizer, sem maldades.

19-7-1958

Oswald

m seus *Episódios de minha vida*, que acabam de ser editados pela Anhembi, dedica Renê Thiollier sete páginas à figura de Oswald de Andrade. É pouco, se ponderarmos que Thiollier teve larga convivência com o turbulento amigo e deve saber dele muito mais coisas do que contou. Mas neste pouco debuxou o memorialista dois aspectos marcantes daquela extraordinária personalidade.

Oswald era um folheador de livros, não um leitor. "Segundo uma senhora muito de sua intimidade, ele nunca teve a paciência de ler um livro da primeira à última página". Quando se preparava para o concurso de uma cátedra de Literatura em São Paulo, veio ao Rio conversar com vários amigos acerca de sua tese, que versava o tema dos árcades mineiros. Eu fui um desses amigos. E fiquei assombrado quando, falando em Sannazaro, Oswald me olhou surpreso e perguntou: – Quem é Sannazaro?

Corri com Oswald: – Puxa, Oswald! Pois você está escrevendo uma tese sobre os árcades e não conhece o autor da *Arcádia*?

Oswald não se alterou nem corou. Riu muito e depois soltou esta: – Que é que você quer? Há quarenta e dois anos que eu não abro um livro! Não tenho tempo!

Sua blague famosa – pediram-lhe a opinião sobre não sei que romance de autor nacional e ele respondeu "Não li e não gostei" – define-o: ele gostava e não gostava das obras sem as ter lido: farejava-as com a sua surpreendente intuição. E, se errava, não era que errasse, porque errava de caso pensado, segundo as simpatias do momento.

Durante muitos anos vivi nas boas graças de Oswald, que, estou certo, nunca terá lido um livro meu de cabo a rabo. Sempre me dedicava os seus com dedicatórias tocantes: "A Manuel Bandeira nacional da poesia" foi uma delas. Um dia publiquei a *Apresentação da poesia brasileira*, que era um estudo histórico-crítico da nossa poesia seguida de uma pequena antologia ilustrativa apenas. Oswald não entrava na antologia porque no estudo, onde eu o tratava com a largueza que ele merecia, já eu havia transcrito dois de seus poemas. Pois Oswald ficou despeitado e nunca mais foi o mesmo para mim. Não houve explicação que o satisfizesse. Quem não quiser fazer desafetos, comece não fazendo antologias...

A outra nota marcante em Oswald e assinalada por Thiollier é a de que ele "só se sentia bem quando via o riso alastrar-se-lhe em redor, por ter conseguido irritar, futricar a paciência de alguém".

Era um sagitário de feroz bom humor, a quem não importava o valor das vítimas. E deliciava-se naquilo que o saudoso Raul de Leoni chamava "estabelecer o equívoco".

24-10-1956

Notícias de Cícero

Não se trata do Cícero de Arpino, do Cícero das *Catilinárias* e das *Filípicas*, mas do Cícero de Cajazeiras, estado de Pernambuco. Cícero Dias. Cícero dos Santos Dias, pintor e poeta.

O Rio não deve ter esquecido aquele estranho rapaz que um dia expôs na sala térrea do derrubado edifício da Policlínica à avenida Rio Branco uma abracadabrante coleção de aquarelas, diante das quais o visitante incauto era desde logo tomado por uma impressão de atropelamento. Quase toda a gente passou a considerar o rapaz como louco, o que até certo ponto justificavam os seus bastos cabelos revoltos e a expressão meio alucinada dos seus grandes e belos olhos negros. Creio que o próprio Juliano Moreira tinha para com ele aquele paternal carinho que dispensava sempre aos que suspeitava iriam acabar no casarão da Praia Vermelha. Cícero viveu alguns anos no Rio, progrediu muito dentro da sua técnica absurda em que entrava até a tinta de escrever, e ganhou a admiração e a amizade de todos quantos procuram a poesia na vida e estão se ninando para tudo o mais. Cícero fez pintando o mesmo que fez José Lins do Rego escrevendo: desentranhou a poesia assombrosa dos meninos de engenho.

Há muita gente que diz ao olhar as pinturas de Cícero: – Qualquer criança faz isso.

É um engano, erro de quem observa mal os desenhos das crianças. Certamente as crianças pintariam todas assim, se todas elas possuíssem igualmente o dom de expressão. De fato, toda criança é dotada da faculdade eminentemente poética de criar o seu mundo interior. Toda criança é poeta, e mesmo poeta genial. Mas só os que nasceram com o dom complementar de exprimir plasticamente esse mundo é que conseguem suscitar nos outros a emoção artística.

Essa capacidade, aliás, pode ser a mais desajeitada: através de deficiências de traço e de composição a essência expressiva transparece. Mesmo o desequilíbrio entre a expressão e a intenção, às vezes tão tocante por si só, é que nos pode transviar no julgamento das imagens plásticas de uma criança, como de resto das de um louco, das de um inculto, em suma das de todo primitivo.

A técnica de Cícero Dias pode parecer deficiente mesmo a um artista liberto de toda rotina acadêmica. Mas aqui seguramente não é aquele desequilíbrio a que nos referimos atrás que gera a profunda impressão das suas criações no espírito dos que olham sem preconceitos. Essa impressão é a de um lirismo surpreendentemente ágil e versátil, o qual está constantemente reorganizando a realidade cotidiana com alguns dados humorísticos ou pressagos que escapam à generalidade dos homens e no entanto vincam com a agudeza das superstições uma sensibilidade extraordinária como a de Cícero. O que há de infantil nessa sensibilidade é a atitude ingênua diante desses aspectos humorísticos e mal-assombrados da vida.

Possuí uma pintura de Cícero que era um quadro bem pernambucano: uma casa de engenho encostada à igrejinha modesta. Foi uma casa que visitei no Cabo em criança e que nunca mais se apagou de minha memória. O vazio triste daquela igreja velha onde me contaram que havia à noite almas penadas, era dentro de mim uma coisa sem voz que reclamava existência no plano da arte. Cícero adulto viu-a com os olhos e a alma da minha infância, e realizou uma admirável criação.

Cícero tem tirado do noticiário policial dos jornais algumas obras da mais tocante piedade, como fez do caso banal de uma mocinha de Niterói, a qual, abandonada pelo namorado, se matou. Cícero ofereceu-lhe o que sempre oferece aos infelizes e às mulheres que ama – flores e estrelas. O grupo da família da suicida à entrada do cemitério é uma das imagens mais ingenuamente dolorosas que já vi. Quem pensa em técnica diante dessas imensidades puras da piedade? Antes de analisar, é o espírito avassalado de chofre pela emoção que o artista nos impõe.

Àqueles a quem chocam as extravagâncias de Cícero dedico este pequeno quadro urbano: era numa das horas mais trepidantes da vida da cidade: largo da Carioca, calor danado e os homens cavando ferozmente a vida. O Rio de toda a gente. Mas no orifício de engate de um bonde enorme da Light que passava, algum garoto tinha enfiado um ramo de hortênsias. Aquilo não era mais o Rio: era outra cidade, cidade fantástica, alguma cidade lírica do mundo delicioso de Cícero Dias.

Mundo em que tudo é possível: aquele homem é uma pedra, o Pão de Açúcar é gente e frequenta o cassino da Urca... Mundo absurdo, se quiserem, errado no desenho e na perspectiva (mas a paisagem que eu via da janela do meu quarto em Santa Teresa é obra de Deus, e também está errada, como posso provar aos interessados), mundo imensamente consolador para quem está farto do outro, o de cada dia sem pão nosso para tanta gente! Mundo lírico, mundo delicioso de Cícero em que, repito, tudo é possível. Tudo menos uma coisa: o retrato parecido.

E as notícias de Cícero? É verdade. Estou aqui a falar, esquecido que tomei da pena para informar aos amigos que recebi uma carta de Cícero. Carta à maneira de Cícero, escrita na folha de guarda de um livrinho – *Le livre de Monelle*, de Marcel Schwob. De Paris ou de Vichy? Parece que de Paris. Sem data, mas deve ser posterior à ocupação alemã.

Esta carta veio dar-me a mim por minha vez saudades enormes de Cícero.

Tanto maiores quanto imagino que ele ficará pela França muito tempo ainda, se não for para sempre. Saudades de Cícero e saudades de outras coisas, também. A casinha em que morei no Curvelo (e onde depois morou Rachel de Queiroz) foi posta abaixo. Outro dia passei por lá e me lembrei de Cícero, porque vi o meu quarto no ar, como num desenho de Cícero: o meu quarto no mundo de Cícero.

Santa

Era assim que o chamávamos, como se quiséssemos pôr em evidência o que havia de santo naquele que foi o mais amável dos pecadores. E essa impressão parece que decorria da sua inalterável serenidade, aquela serenidade que ele preservava mesmo nos redutos de mais acesa discórdia nas *coulisses* administrativas do Teatro Municipal, por exemplo. Serenidade que não excluía, aliás, a capacidade de luta, inclusive de luta física: contam os seus amigos que, quando na mocidade frequentava noturnamente os barzinhos da Lapa, na hora do pau cantar removia tranquilamente os óculos do nariz e, com cordial bravura, distribuía também as suas pancadas de míope.

Tenho que essa serenidade, que era uma atitude tão marcante em Santa Rosa, resultava da sua necessidade de compreender. Extremamente dotado para tantas coisas diversas – o desenho, a pintura, a cenografia, a poesia, a música, a crítica, o teatro, o amor (esse *coloured* soube amar e se fazer amar de pretas e brancas), nunca se fixou definitivamente em nenhuma, porque a sua verdadeira vocação era compreender tudo isso – compreender, numa palavra só, a vida. Amava a vida, apesar de todos os aborrecimentos e horrores da vida. Vocação de ser homem compreensivo da vida em sua prodigiosa totalidade.

Por isso certa vez que escrevi um poema reticente, sibilino, esquisito, não resisti que não interrompesse o fuxico lírico para reflexionar: "Santa Rosa me compreende". Santa compreendia tudo.

Sabemos todos como os pintores são uma classe desunida. Sempre admirei a habilidade – mas não era habilidade, era cordura, cordialidade ou qualquer outro atributo de nome derivado de *cor, cordis*, coração – com que ele evoluía serenamente entre esses "lobos de estepe" (vi esta imagem em Drummond e passo a adotá-la), sem jamais despertar em nenhum deles a alergia do ciúme. Santa compreendia a pintura e compreendia os pintores...

Compreendia a pintura: não tomaria nunca como de Portinari a pintura de uma das alunas do grande pintor, como vi acontecer a outro artista ilustre. Um dia quisemos experimentá-lo, mostrando-lhe como de Portinari a pintura de uma sua discípula, muito influenciada pela maneira do mestre, aliás bem boa pintura. Santa tirou os óculos para ver melhor de perto e abanou a cabeça: "Esta pincelada não pode ser de Candinho..."

Raramente eu estava com o Santa e sempre de passagem. Mas, longe de nossos olhos, era desses amigos que estão sempre conosco em pensamento. Porque sabíamos todos que *esse* nos compreenderia. Agora, acabou-se...

2-12-1956

Cidades

Aprendi na cidade a ouvir

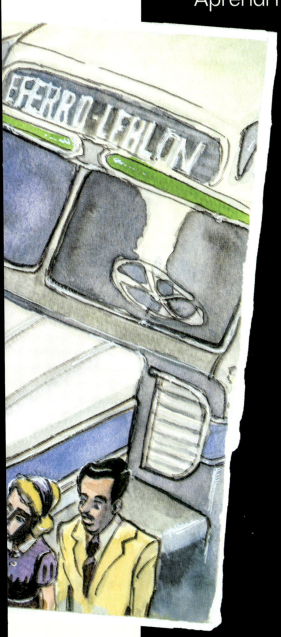

Recife

Este mês que acabo de passar no Recife me repôs inteiramente no amor da minha cidade. Há dois anos atrás, quando a revi depois de uma longa ausência, desconheci-a quase, tão mudada a encontrei. E sem discutir se essa mudança foi para melhor ou para pior, tive um choque, uma sensação desagradável, não sei que despeito ou mágoa. Queria encontrá-la como a deixei menino. Egoisticamente, queria a mesma cidade da minha infância.

Por isso diante do novo Recife, das suas avenidas orgulhosamente modernas, sem nenhum sabor provinciano, não pude reprimir o mau humor que me causava o desaparecimento do outro Recife, o Recife velho, com a inesquecível Lingueta, o Corpo Santo, o Arco da Conceição, os becos coloniais...

Mesmo fora do bairro do Recife, quanta diferença! Quanta edificação nova em substituição às velhas casas de balcões, esses balcões tão bonitos, tão pitorescos com os seus cachorros retangulares fortes e simples como traves. (Um arquiteto inteligente aproveitaria esse detalhe tradicional bem característico do Recife.) Os cais do Capibaribe, entre Boa Vista e Santo Antônio, sem os sobradões amarelos, encarnados, azuis, tão mais de acordo com a luz dos trópicos do que esta grisalha que os requintados importaram de climas frios.

No meio de tanto desapontamento um bem doce consolo: a rua da União, a mesma de trinta anos antes, salvo o nome e a estação da rua da Princesa. (Ah, falta também a gameleira da esquina! Meus olhos não esqueceram nada.) Exatamente como a deixei. Não tem uma casa nova. Ali ainda residem primos. Em casa de meu avô moram velhos amigos que me conheceram menino. E aquele prediozinho baixo? Tem uma tabuleta na fachada: Asilo Santa Isabel. Não! Quem vive ali é d. Aninha Viegas. Bentinho vai já aparecer ao postigo, com a pasta de cabelo bem empomadada, camisa de peito engomado, sem colarinho (parecia que a falta de colarinho era um detalhe ou requinte da elegância de Bentinho).

Não havia nada para quebrar a ilusão da minha saudade. E comecei a ver outras figuras, que, embora desaparecidas no túmulo, continuavam a viver para mim com mais realidade do que os desconhecidos que cruzavam comigo na calçada: o velho Alonso, de gorro e cacete, comprando latas de doce de araçá e goiabada em quantidade que me deixava deslumbrado; Totônio Rodrigues que me parecia velhíssimo, perito em situar os incêndios pelo toque do sino, mas com uma má vontade evidente contra o bairro de São José, seu Alcoforado que eu nunca vi mas cujo nome me impressionava...

Rio antigo

Há dias, fiz referência "ao livro de Coaracy". Trata-se das *Memórias da cidade do Rio de Janeiro*, de Vivaldo Coaracy. Quem quiser viver o Rio também na quarta dimensão, que é a do tempo, e não apenas nas tristes três atuais dimensões, não deve deixar de ler estas páginas, escritas de maneira encantadora, pela sua singeleza e graça espontânea. Encontrará nelas algum consolo, talvez, aos males do presente, verificando que são males de todos os tempos, pois em todos os tempos houve negociantes ladrões, intermediários açambarcadores, autoridades prepotentes etc. E até, a certos aspectos, houve progresso moral: hoje não se vê uma cena de frades caceteiros, como vem deliciosamente contada por Coaracy no capítulo relativo à praça Quinze: a Irmandade da Misericórdia gozava do privilégio dos enterramentos; entendendo os frades do Carmo que era afronta à sua Ordem passarem os cortejos fúnebres diante do edifício do Convento (ainda hoje lá está, à esquina da rua Sete de Setembro), toda vez que tal acontecia, vinham para a rua com os seus escravos, e

o pau cantava para dissolver o préstito; revidavam os da Misericórdia, era uma verdadeira batalha, durante a qual ninguém mais pensava no defunto.

Todo o mundo pode agora atravessar pacatamente o Arco do Teles, mas houve tempo em que aquela exígua passagem era ponto de desordeiros terríveis, e tais cenas ocorriam ali que um morador das imediações promoveu a remoção da imagem de Nossa Senhora dos Prazeres, que se cultuava num pequeno oratório existente à entrada do Arco.

Quanta coisa se aprende neste volume! Eu, por exemplo, não sabia (nunca tratei de saber) que a rua D. Manuel se chama assim em homenagem a D. Manuel Lobo, governador do Rio de Janeiro, ou que o sal era monopólio do Estado. Sabia que abundavam as baleias na Baía de Guanabara (a Armação de Niterói era armação de pescaria de baleias), mas não sabia que de uma feita veio uma baleia encalhar bem em frente à porta do Convento do Carmo.

Muita coisa de que fala Coaracy ainda alcancei conhecer. Assim o Hotel de França, onde me hospedei um dia e uma noite, a Igreja de São Joaquim, junto onde está o Externato do Colégio Pedro II... A este respeito devo dizer que a minha memória pretende corrigir o cronista quando ele afirma que desde a época em que serviu de quartel a tropas portuguesas já não se praticavam nela as cerimônias do culto. Durante o meu curso no Pedro II, de 1897 a 1902, creio que havia culto; muitos alunos ali entravam, em tempo de sabatina, a agarrar-se com São Joaquim para se sair bem.

Outra coisa a que quero pôr reparo é a propósito do largo do Boticário. Diz Coaracy que o pitoresco recanto de Águas Férreas conserva intacto até hoje o aspecto das zonas residenciais da cidade antiga. Ora, o atual largo do Boticário é uma falsificação do século XX: casas, calçamento, chafariz, tudo, salvo a mangueira. Conheci em menino o autêntico largo do Boticário. Por isso não posso ver sem revolta a sofisticação ali praticada.

4-12-1955

Crônica de Petrópolis

Eu não tenho como tanta gente, boa e má, o horror do lugar-comum. Sustento até que se pode fazer poesia da melhor com uma seleção avisada de lugares-comuns. Aquele homem amável que foi Carlos Magalhães tem dois versos que me enchem a alma. Um diz assim:

À tarde, ao pôr do sol. Copacabana é linda!

O outro é este:

Petrópolis enfim é uma bela cidade.

Sentei-me à mesa para falar do encanto da cidade de D. Pedro, mas desisto, porque o lugar-comum resume toda a banalidade que me encharca na sua onda lírica e matinalmente sentimental.

Estas semanas que todos os anos passo em Petrópolis não representam para mim apenas o repouso dos trabalhos, das contrariedades, das filas de ônibus, do telefone, dos pedidos de recomendação para o incorruptível Carlos Drummond de Andrade e outras calamidades cariocas: estas semanas são ainda retomada de contato com o passado, desde a remota infância, e assim, todos os anos, faço para meu uso pessoal o meu pequenino romance de Proust, sem *madeleine* e sem condessa de Guermantes.

Chego aqui, ponho em dia o sono atrasado e na manhã seguinte saio a pé para ver o que há de mudado na cidade. Lá está D. Pedro II, concentrando na sua calma de homem bem sentado todas as delícias da evasão.

Não, ainda não fizeram o busto de Raul de Leoni. Que é que esperam? Raul está definitivamente integrado em nosso patrimônio poético. Pois não basta a admiração de Oliveira Viana, membro da Academia e ministro do Tribunal de Contas? Outro dia Sérgio Buarque de Holanda conversava comigo e lembrou que o poeta de *Luz mediterrânea* contava como coisa certa um bustozinho na cidade natal.

– Um busto como o de Fagundes Varela. Isso eu vou ter, isso vou ter...

Teve nada!

Desço pela avenida Quinze, subo pela Rua Marechal Deodoro, e zás, levo um soco nos olhos: derrubaram o edifício da Pensão Geoffroy! Não estava tombado? Não, não estava tombado! Era uma casa que não tinha nada de mais. Simpática, é tudo. Mas se havia casa em Petrópolis que devia ser conservada para sempre era aquela. O berço da cidade.

Leitor, leia comigo a nota que Alcindo Sodré, o zeloso diretor do Museu Imperial, escreveu para o volume V dos trabalhos da comissão do Centenário de Petrópolis.

Ali se levantou a primeira casa da Fazenda do Córrego Seco, nos primeiros anos do século XIX.

Adquirida a fazenda por Pedro I, passou, depois, ao filho, e em 1847 a casa recebeu acréscimo e melhoramentos para receber a família imperial, que vinha gozar do seu primeiro verão em Petrópolis.

"Recordar os acontecimentos sociais ocorridos naquela histórica mansão – diz Alcindo Sodré – daria certamente motivo a um delicioso livro de crônica mundana." E relembra entre os mais notáveis o baile oferecido a Suas Majestades em 12 de abril de 1856, solenizando a inauguração dos trabalhos da Estrada União e Indústria, de que eram diretores Mariano Procópio e Manuel de Melo Franco. O imperador dançou cinco vezes e teve por pares as senhoras Rita Bandeira de Melo Franco, Sousa Franco, Teléfora Lamas, baronesa de Mauá e Maria do Carmo Margarinos de Araújo...

Socialmente a casa decaíra muito. Perdera-se até a lembrança das galas imperiais. Virou casa de hotéis e pensões – Hotel Inglês, Pensão Nills, Pensão Macedo, Pensão Geoffroy. Passei lá um verão quando era Pensão Geoffroy. Pensãozinha familiar, onde, não obstante a presença do truculento Osório Duque-Estrada, a criatura mais distinta era um certo gatinho, cuja elegância celebrei num poeminha irreverente, levado pela crítica escandalizada à conta de "futurismo".

Mas não é inútil chorar a derrubada de um casarão velho numa cidade que começa a ter arranha-céus e breve vai possuir na Quitandinha (por que não mudam patrioticamente o nome prosaico?) o maior hotel de recreio da América do Sul?

Caruaru

Esta noite perdi o sono. Acendi a luz, olhei o relógio: 3 horas. Mas insônia não pode comigo, não. A questão é a gente não se afobar. Começar a bestar em aprazíveis fantasiações, doces coisas, como diria o Riobaldo de *Grande sertão: veredas*. Desta vez, pensei em Caruaru. Se estive algum dia em Caruaru, foi menino de peito, viajando dentro de um caçuá, quando meu pai construía com outros a estrada de ferro. Sei de Caruaru o que me foi contado por João Condé: vida do agreste, a feira (a maior do mundo), Mestre Vitalino e os seus bonecos de barro, conhecidos até na Europa.

Eu tinha lido, na véspera, que Caruaru vai festejar, em maio, o seu primeiro centenário. Fiquei alvoroçado. Que nem que eu tivesse nascido em Caruaru. O prefeito da cidadezinha pernambucana andou por aqui deitando entrevista sobre o programa da comemoração. Tudo muito ótimo, mas vou propor umas cidadanias, desejáveis e indesejáveis. Para principiar, na primeira categoria eu, Rubem Braga e Heráclio Alves; na segunda, o prefeito de São Paulo, o sr. Nereu Ramos e o general Duffles.

Comecei a pensar em Caruaru e de repente me deu vontade de escrever o hino do Primeiro Centenário da cidade. Tudo estava em achar um bom estribilho, e esse achei logo:

Meu Caruaru centenário,
Não há o que te chegue aos pés:
Recife tem Olegário,
– Tu tens os irmãos Condés!

De uns dois anos para cá, está Caruaru nos galarins. Basta dizer que já botou dois de seus filhos na Academia. Há estados que não têm nem nunca tiveram representante na Casa de Machado de Assis. Pois Caruaru tem dois. Por sinal que quando o segundo tomou posse, quase foi tudo pelos ares. O prejudicado será o José Condé, pois até hoje reina entre os acadêmicos um certo terror quando se lembram da noite sinistra. Isso apesar da inalterável doçura do caruarense Austregésilo de Ataíde.

Sou capaz de em maio ir a Caruaru. Ver a feira (a maior do mundo). Apertar a mão de Vitalino. Minha gente, daqui e de São Paulo, vamos organizar uma caravana? Passagem e dez dias de estada por conta dos irmãos Condés!

24-2-1957

Visita a São Paulo

Nas minhas raras e rápidas visitas a São Paulo, as obrigações da ocasião que me levam lá, os velhos amigos que me solicitam, os novos que me procuram, não me deixam tempo para fazer o que eu mais desejaria, que seria flanar a esmo pela cidade, identificar na grande cidade transformada a cidadezinha de 1913, a cidadezinha de minha adolescência, refazer, ainda que ralado de saudade, os itinerários dos meus dezessete anos.

São Paulo tem para mim um sentido altamente dramático. Foi em São Paulo que a vida torceu violentamente o meu destino: o adolescente que pretendia ser arquiteto, adoeceu, mal iniciara os estudos, e tão definitivamente, que teve de dizer adeus a todas as suas esperanças. Foi então que principiou a lhe sorrir, como um anjo, a sua inconstante namorada, mas sempre fiel padroeira – a poesia. Meus amigos, meus inimigos, desculpem esse tom tão romanticamente sentimental. Mas a verdade é que desta vez me senti em São Paulo doentiamente romântico, romântico até à angústia, angústia que cheguei a atribuir a medo de avião, àquele medo de me "transformar em notícia" no bojo do *Convair* que devia me trazer de volta ao Rio.

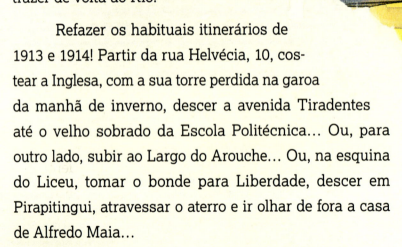

Refazer os habituais itinerários de 1913 e 1914! Partir da rua Helvécia, 10, costear a Inglesa, com a sua torre perdida na garoa da manhã de inverno, descer a avenida Tiradentes até o velho sobrado da Escola Politécnica... Ou, para outro lado, subir ao Largo do Arouche... Ou, na esquina do Liceu, tomar o bonde para Liberdade, descer em Pirapitingui, atravessar o aterro e ir olhar de fora a casa de Alfredo Maia...

Nunca mais fiz nada disso. De uma feita, fui rever, é verdade, a casa da rua Helvécia. Não sei se foi da hora, meio-dia, a luz era agressiva, ou foi a serraria nova em frente, o fato é que o romântico saiu de lá corrido. E teve de reconstruir na imaginação a paisagem do passado.

Pensando bem, talvez seja melhor, nessas visitas a São Paulo, não achar tempo para os antigos itinerários. Limitar-me aos apelos do presente. Desta vez o apelo partiu da Câmara Júnior de Comércio e do Teatro de Arena, onde se estreava uma comédia – *Juno e o pavão* – mal traduzida por mim. Mas disto falarei na próxima crônica. Por hoje ficarei nestas doridas reminiscências, em que aliás mal toquei, porque evito cuidadosamente os soluços e as lágrimas: meus amigos, meus inimigos, nada de *self-pity*!

9-6-1957

Declaração de amor

Uma paixão depois dos setenta é sempre coisa muito perigosa, não sei o que vai ser de mim, estou apaixonado.

Apaixonei-me pela Holanda. Não foi *coup de foudre*. O primeiro contato até que foi triste, um triste cais de Rotterdam. Depois só fiz atravessar a cidade pela zona destruída, em cujo centro se ergue – símbolo da aflição e desespero da população bombardeada pelos aviões alemães – a estátua moderníssima de Zadkine, estátua que o povo chama Jan Gat (João Buraco), porque apresenta um vazio mais ou menos circular na região do abdômen.

Jan Gat aliás é no holandês expressão muito mais vulgar do que João Buraco. Mal tive tempo de olhar as novas construções da nova arquitetura.

O encantamento principiou quando comecei a ver a paisagem fora da cidade, as campinas intermináveis, com as boas vaquinhas malhadas, canais, moinhos, ao longe e ao perto cidadezinhas e aldeias; quando comecei a reconhecer o que conhecia dos grandes paisagistas – Ruysdael, Hobbema; quando atravessei Delft pelo centro, Delft cuja porcelana azul mediocrizou-se, mas que persiste linda como nos tempos de Vermeer. Não havia tempo para localizar a famosa vista do mestre, com o seu paninho de muro amarelo tão exaustivamente analisado por Proust em *La prisonnière*.

Haia acabou de conquistar-me. Ela tem aquela graça das cidades grandes que parecem pequenas. Das cidades que têm um só grande coração.

O centro de Haia, com o seu Hofvijver, onde se refletem o Buitenhof e Mauritshuis, a Porta dos Prisioneiros, de sinistra memória, a Plaats, suas belas alamedas – Langevorwoort e Kortevorwoort – é verdadeiramente um coração e me pareceu, como a Grand Place de Bruxelas, uma das obras-primas da paisagem urbana em todo o mundo. Nesse coração a gente se sente como em casa desde o primeiro momento. Haia é uma cidade em que o estrangeiro não se perde. Ela acolhe-o como a um filho. Senti-me acolhido como um filho e tornei-me logo um namorado.

4-9-1957

Paris

Antes desta minha viagem, quando me perguntavam se eu já tinha estado em Paris costumava responder: Não, estive durante três dias num hotelzinho da Rue Balzac. E era verdade. Eu ia então para Clavadel, na Suíça, e tive a má sorte de apanhar uma gripe, que me confinou num quarto do Hotel Balzac. Fui excessivamente ajuizado, deixando Paris para ver depois, quando voltasse. Isso foi em 1913, isto é, no último ano do século 19, pois, como toda gente sabe, o século 19 só acabou quando começou a Primeira Grande Guerra. A avançada fulminante dos alemães sobre Paris me obrigou a regressar ao Brasil via Gênova.

Só agora pude vir tomar conhecimento de Paris. Conhecimento de uma semana, em que achei tempo até para visitar Versailles, o que me obrigará a reler, e fá-lo-ei com renovada delícia, as Memórias de Saint-Simon, esse Proust do século de Luís XIV.

É verdade que depois de minha decepção londrina, eu estava com medo de minha reação diante de Paris. Iria sentir aquela mesma angústia que me inspirou a imensa cidade do Tamisa?

Não, não senti. Paris é também imensa, mas Paris, como a pequena Haia, tem um coração. Londres não tem coração. Amsterdam não tem coração. Estou inventando a classificação das cidades com coração e das cidades sem coração. O coração de Paris está delimitado pela linha que une a Torre Eiffel ao Arco do Triunfo, à "Madeleine", à Ópera, à "Comédie Française", ao Louvre, à Notre-Dame e ao cais da margem esquerda do Sena. Isso para mim, que pude andar do meu hotel na Rue Daunou até o Louvre; que pude percorrer a pé a "Avenue de l'Opéra", a "Rue de la Paix", o "Boulevard des Capucines". Quem quiser que admire Montmartre (prefiro as abas do morro de Paula Matos, na rua Riachuelo): de Montmartre só guardo a boa lembrança de um jantar ótimo em companhia de Gilberto Amado.

Entrei em Paris com o pé direito, caindo nos braços de Cícero Dias, Raymonde, sua esposa, Sílvia, sua filhinha, – a parisiensezinha mais brasileira do mundo. Nos braços de Vinicius de Moraes.

23-10-1957

Pasárgada

Essa palavra Pasárgada, que sempre me fascinou desde os quinze anos, quando eu estudava grego no Pedro II, está, não há dúvida, fazendo carreira. Um dia, me saltou ela do subconsciente como fórmula de evasão. No meu caso, era evasão da doença para a vida normal das pessoas sadias, e enumerei várias atividades que nunca havia podido exercer: andar de bicicleta, tomar banhos de mar; a par de outras estapafúrdias ou fanfarronas: subir em pau-de-sebo, montar em burro brabo. Há poucos dias, Lêdo Ivo comentou isso muito bem numa de suas crônicas para a *Tribuna da Imprensa*.

Mas a palavra já fugiu ao meu controle e vai tendo aplicações as mais diversas. Uma muito comum me foi revelada por certa autarquista bonita que, me encontrando no ascensor:

– Você por aqui? – lhe perguntei.

E ela:

– É... Tenho aqui uma Pasárgadazinha...

Um dia, dois homens de negócio compraram umas terras entre Pedro do Rio e Areal, no estado do Rio, para revendê-las loteadas. Anunciaram que iam chamar ao lugar "Pasárgada", em homenagem a este vosso criado, meus caros leitores. Anunciaram, mais, que iam contemplar-me com um lote na nova Pasárgada. Jacaré recebeu o lote? Nanja eu!

A semana passada, li na seção de Ibrahim Sued, n'*O Globo*, que um iatista elegante deu ao seu barco o nome de Pasárgada.

E também a semana passada, no dia de meus anos, Carlos Ribeiro, o mais simpático "mercador de livros" do mundo inteiro, inaugurou na rua São José uma duplicata de livraria, a que deu o nome de *Lojinha Pasárgada*. Livrariazinha metida a sebo. Entronizou o meu retrato como padroeiro, de sorte que estou hoje na difícil posição de competidor do santo nos negócios do excelente Carlos. Mas vai tudo ficar sob a proteção do marido de Nossa Senhora. E eu desejo do fundo do coração que as vendas corram de tal maneira, que breve tenhamos ali um arranha-céu, cujo andar térreo seja uma só livraria, para a qual proponho o nome de "São José de Pasárgada".

29-4-1956

Festas

Quando eu tinha seis anos
Não pude ver o fim da
[festa de São João
Porque adormeci

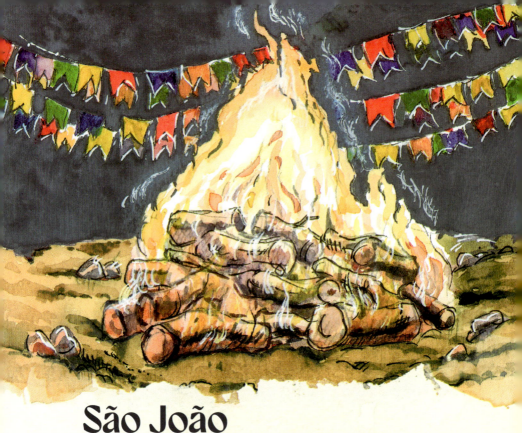

São João

São João está dormindo,
Não acorda não!
Dê-lhe cravos e rosas
E manjericão!

Quem não ouviu contar em criança a bonita história? Nossa Senhora, que já concebera o Menino Jesus, foi de visita a Santa Isabel, que esperava o Batista. E mal as duas se avistaram, João ajoelhou-se no ventre da mãe, saudando o futuro redentor do mundo. Santa Isabel comunicou o que sentira à Virgem, e esta perguntou-lhe: – "Que sinal me dareis quando nascer o vosso filho?" Ao que respondeu a santa: – "Mandarei plantar no alto do morro um mastro com uma boneca e mandarei acender uma grande fogueira." Nasceu o Batista, viu Nossa Senhora a fumacinha da fogueira e veio vê-lo. Meses depois João perguntou à mãe: – "Minha mãe, quando é o meu dia?" E Isabel: – "Quando for, te avisarei, meu filho; dorme". Dormiu o menino e só acordou com o estouro dos foguetes no dia de São Pedro. – "Ora, minha mãe, por que não me disse, que eu queria brincar!" Mas Santa Isabel sabia que, se o menino acordasse, o mundo pegava fogo!

Vamos deixar São João dormindo, e façamos-lhe a capelinha de melão:

Capelinha de melão
É de São João;
É de cravos e rosas
E manjericão!

São João terá este ano uma linda capelinha. Vamos contar o segredo bem baixinho para o menino não acordar. As sras. Mary Mallon e Madalena Bicalho vão promover em Petrópolis uma festa em benefício do Ambulatório de Frei Leão. Será ela patrocinada por Sua Alteza o Príncipe Dom Pedro de Orleans e Bragança, pela sra. Martínez de Hoz e outras grandes damas.

Esperamos que a comissão organizadora dos festejos não esqueça nada do repertório joanino enumerado por Melo Morais Filho no seu precioso livro *Festas e tradições do Brasil*. Em primeiro lugar, que o folguedo dure a noite inteira e termine com o banho de praxe. Quero ver moças e rapazes cantando:

Ó meu São João,
Eu vou me lavar;
Se eu cair no rio,
Mandai-me tirar!

Quero o mastro bem alto com a sua boneca e em torno a grande fogueira. Quero cocos de negros à roda. Quero as comidas gostosas: milhos, carás e canas, tudo assado na própria fogueira. Quero que as moças tomem bochecho dos copos passados na fogueira e vão depois ficar atrás de uma porta para ouvir o primeiro nome de homem que for pronunciado lá fora... O nome do futuro marido.

Não me esqueçam as barraquinhas onde se possam comer os bons petiscos de milho e coco: canjica, mungunzá, pamonhas, tapioca molhada em folha de bananeira. Não me esqueçam tampouco as barraquinhas de oráculos (talvez ainda haja esquecidas numa prateleira do Garnier-Briguiet ou nos sebos da rua São José, *Os dados da fortuna*, *A roda do destino*, *O cigano*, etc.).

E quem sabe se não seria possível arranjar uma boa cavalhada?

... E se nós acordássemos São João para o mundo pegar fogo? Não como está pegando na guerra. Não fogo de ódio e de conquista, mas fogo de amor e de caridade.

Capelinha de melão
É de São João;
É de cravos e rosas
E manjericão!

Carnaval

A velhice é engraçada, sei por mim: pode interessar-se em coisas que são uma maluqueira para a maioria das pessoas sensatas e desinteressar-se – desinteressar-se do carnaval, por exemplo. No meu caso bem que entendo este desinteresse: a proibição médica de euforizar-me com muito café e muito álcool, a lembrança dos carnavais de outrora...

As lembranças dos carnavais de outrora! Outro carnaval num Rio que era tão diferente do de hoje: eu, o "durinho" (Dante Milano), João (Jaime Ovalle), uma vez ou outra Schmidt – um Schmidt também muito diferente do atual – um Schmidt pobre e em esplêndida disponibilidade para todas as aventuras do espírito e do coração, Schmidt inventor de Luciana, que ambos amamos alfa-e-betamente-do-Centauro por espaço de uma semana!

Os primeiros carnavais, no Recife, vocês sabem, uma cidade que existiu à beira do Atlântico, em Pernambuco, mais ou menos a 8° e pouco de latitude Sul e 35° de longitude a Oeste de Greenwich (era vizinha de Olinda, que ainda existe, mas está sendo pouco a pouco devorada pelas marés).

O carnaval visto de um primeiro andar da rua da Imperatriz, os clubes desfilando em cantorias, Vassourinhas, Lenhadores...

Quem foi, quem viu?
Quem me deu sinal?

E um préstito com grandes carros, um deles representando o globo, e de uma aberta, em cima, saía de vez em quando a cabeça de José Maria de Albuquerque – *Zé Maria no oco do mundo.*

O primeiro dominó preto que vi... O mistério de uns olhos atrás da máscara negra. O maior mistério do mundo. Se o mascarado mostrava o rosto, era uma cara como qualquer outra. Tornava a pôr a máscara, o mistério reinstalava-se.

O maracatu... espraiando-se à sombra da gameleira do cais da rua da Aurora, esquina de Imperatriz. Aquilo já não parecia carnaval. Era África. Até hoje vejo a

África através daquele maracatu. Me metia medo, a ponto que anos depois, na praia de José Menino, em Santos, morávamos numa chácara a que se acedia por uma longa alameda de bambus e eu, no lusco-fusco das tardes, receava que pelo portão me embarafustasse um maracatu como os do Recife.

Quando em 28 fui a Pernambuco, hospedei-me em casa dos Freyres, no Karrapicho (era assim mesmo, Karrapicho com K). O carnaval já estava se ensaiando. Uma tarde, voltando com Gilberto da cidade, cruzamos, numa travessa do arrabalde, com um maracatu pobrezinho. Aquele não me teria metido medo em pequeno. A boneca, porém, era linda. E desde então para mim toda mulher bonita é boneca de maracatu.

3-3-1957

Está morrendo mesmo

Quem? O carnaval. Com a supressão dos alto-falantes nas ruas o fato se tornou evidente. Esses insuportáveis aparelhos davam aos carnavais anteriores uma animação fictícia. Emudecidos eles, verificou-se que o povo não cantava mais. Não brincava. Espairecia. Esperava a passagem das escolas de samba.

O setuagenário me falou:

— Carnaval no Rio houve mas foi no tempo em que ainda existia a rua do Ouvidor. Porque essa que ainda

chamam assim não é mais a rua do Ouvidor, a que Coelho Neto chamava nos seus romances a "grande artéria". Ali se situavam, então, as redações dos principais jornais – *Jornal do Commercio*, *O País*, *Gazeta de Notícias*, *A Notícia*, *Cidade do Rio*. Ali estavam estabelecidas as mais elegantes casas de modas, os grandes advogados etc. Tudo vinha acabar, completar-se, consagrar-se definitivamente na rua do Ouvidor. Carlos Gomes quando voltou da Itália, Rio Branco quando veio ser ministro de Rodrigues Alves, foi na rua do Ouvidor que receberam a homenagem máxima da cidade. E o melhor carnaval era o da rua do Ouvidor. As senhoras e moças mais bonitas do Rio enchiam as sacadas e as portas das casas comerciais e dos escritórios e enquanto não despontavam os préstitos brincavam com alegria e entusiasmo.

A abertura da avenida Rio Branco foi o primeiro golpe sério no carnaval. A festa diluiu-se, perdeu o calor que lhe vinha do aperto. Mas durante alguns anos houve o corso, que era realmente lindo com o seu espetáculo de serpentinas multicores. Os automóveis fechados vieram acabar com ele. Junte-se a isso a comercialização das músicas, a intromissão do elemento oficial premiando uma coisa cujo maior sabor estava em sua gratuidade...

Vale a pena lamentar? Acho que não. O carnaval está morrendo, outras coisas estarão nascendo. No tempo dos bons carnavais não tínhamos o espetáculo das praias. A vida é renovação. "Mudam-se os tempos, mudam-se as vontades", disse o poeta máximo da língua, e outro disse que "isto é sem cura". Quem não estiver contente com o presente, viva, como eu, das saudades do passado.

15-2-1959

A festa de
N. S. da Glória
do Outeiro

Alguém, falando da festa de Santa Cruz, no Recife, notava que onde o brasileiro mais sente nos olhos o gosto do Brasil é decerto quando fica parado num pátio de igreja em dia de festa de Nossa Senhora. O cronista acentuava como aspecto dominante nessas festas a democracia sincera da gente de toda cor que se mistura.

Esse prazer, que ainda subsiste forte no ambiente mais tradicional das províncias, quase desapareceu na capital do país. São sempre as mesmas as festas de igrejas, mas sem aquele pitoresco popular que desenvolvia no adro o movimento ruidoso das romarias.

Hoje no Rio só há duas solenidades religiosas a sustentar a tradição da cidade: a festa da Penha e a festa da Glória.

Nunca fui à festa da Penha. Parece que ela é cara sobretudo aos portugueses. Na minha infância eu olhava com uma certa repugnância para os magotes de labregos que desde cedo acudiam de todos os pontos da cidade para o longínquo subúrbio da baixada, emprestando às ruas uns tons exóticos de aldeia lusa. Iam a pé ou em caminhões ou carros abertos. Levavam em evidência grandes garrafões de vinho verde ou virgem, o que fez dizer a Artur Azevedo "que pareciam mais amigos do virgem do que da Virgem". A tiracolo traziam enormes fiadas de roscas coloridas. Estas roscas coloridas eram o complemento indispensável, o distintivo mais característico do folião da Penha.

De tudo aquilo me ficou uma recordação de bródio português. Por isso a Penha nunca me interessou.

Mais brasileira, mais tradicional, mais poética, incomparavelmente, é a festa de Nossa Senhora da Glória. O pequeno outeiro da Glória, com a sua capelinha duas vezes secular, é um dos sítios mais aprazíveis, mais ingenuamente pitorescos da cidade. As velhas casas da encosta cederam lugar a construções modernas. Entretanto a igrejinha tem tanto caráter na sua simplicidade, que ela só e mais uma meia dúzia de palmeiras bastam a guardar a fisionomia tradicional da colina. Embaixo a paisagem se renovou completamente. Lembro-me bem do largo da Glória e da praia da Lapa da minha meninice: um desenho de Debret. Desapareceu o casarão do mercado que servia de caserna e despertou o interesse público quando abrigou por algum tempo as jagunças e os jaguncinhos trazidos de Canudos. O largo estendeu-se até à falda do outeiro. O caminho da praia alargou-se em ampla avenida arborizada. O velho edifício onde no Império estava instalada a Secretaria dos Negócios Estrangeiros foi substituído pelo Palácio do Arcebispado. Todas essas mudanças vieram realçar ainda mais a graça ingênua da igrejinha. Só uma coisa a prejudicou: a mole pesada do Hotel Glória. O observador que olha do morro de Santa Teresa não vê mais o perfil da capela recortado no fundo das águas.

O romance *Lucíola* começa por um encontro no adro da poética ermida no dia de Nossa Senhora da Glória. Já naquele tempo, 1855, diz Alencar pela boca do herói, era aquela uma das poucas festas populares da Corte. Descreve-a o romancista:

> Todas as raças, desde o caucasiano sem mescla até o africano puro; todas as posições, desde as ilustrações da política, da fortuna ou do talento, até o proletário humilde e desconhecido; todas as profissões, desde o banqueiro até o mendigo; finalmente, todos os tipos grotescos da sociedade brasileira, desde a arrogante nulidade até a vil lisonja desfilaram...

O cortejo de Alencar não está completo. Faltam a ele as figuras principais que eram as dos soberanos. Os imperadores do Brasil, e antes deles os vice-reis e governadores-gerais, compareciam todos os anos à festa, prestigiando com a sua presença a tradicional solenidade, e isso dava aos festejos um cunho de comunhão democrática que singularizou entre todas as comemorações eclesiásticas o dia da Glória do Outeiro. Era uma festa a um tempo popular e aristocrática. Dom Pedro II, a imperatriz, a princesa, acompanhados de numeroso séquito, onde se viam os homens mais ilustres e as senhoras mais lindas da Corte, subiam a íngreme colina e de volta da solenidade descansavam na Secretaria dos Estrangeiros.

Com a queda da monarquia os festejos perderam inteiramente o elemento aristocrático. O progresso da cidade roubou-lhe muito da concorrência. Em todo o caso, o dia de Nossa Senhora da Glória ainda não decaiu à categoria de festa de bairro. Ainda é uma das raras festas populares da cidade.

Tive este ano particular interesse em visitar a ermida porque sabia que a irmandade levara a efeito grandes obras internas de restauração. Entrei o pórtico receoso, embora tivesse lido nos jornais uma entrevista em que um dos membros daquela irmandade assegurava o respeito que presidira aos trabalhos de restauração. O meu receio infelizmente se confirmou. A pequenina nave, despojada dos seus ouros e das suas argamassas patinadas, perdeu o encanto que lhe vinha da idade. Tudo está novo ou renovado. Baixei os olhos e saí depressa para guardar nos olhos a imagem das velhas capelinhas e tribunas, como eu as vi até o ano passado.

Fora, no adro, faziam o clássico leilão de prendas. Rapazes e moças namoravam. Isso ao menos não mudara! Só que a concorrência amulatou-se bastante. A festa é hoje exclusivamente do povo.

As ladeiras de acesso ainda regurgitavam quando desci às onze da noite. Não havia mais, como nos outros anos, as bandeirinhas e galhardetes enfeitando o largo da Glória, nem canela cheirosa espalhada no chão. Olhei ainda uma vez para o "côncoro octógeno" dos versos detestáveis de Porto-Alegre: a ermida luzia docemente. Não se viam as luzes, estando o templo iluminado pela projeção de fortes focos elétricos dissimulados na amurada do adro. O efeito é muito bonito porque nada mascara as linhas ingênuas da igreja. Todavia não deixei de ter saudades da iluminação primitiva que formava em torno da capelinha um como manto cintilante de Nossa Senhora.

Os maracatus de Capiba

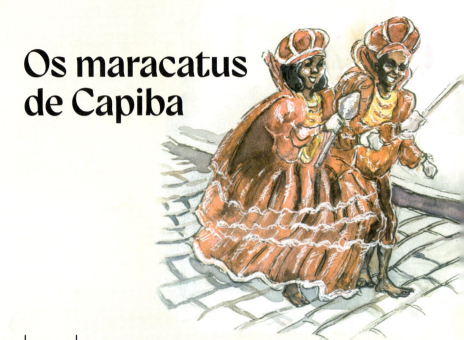

Uma das mais fortes impressões que guardo do tempo da meninice foi o meu primeiro encontro com um maracatu. Era Terça-feira Gorda e eu ia para a rua da Imperatriz, no Recife, assistir de um sobrado à passagem das sociedades carnavalescas – Filomomos. Pás, Vassourinhas.

De repente, na esquina da rua da Aurora, me vi quase no meio de um formidável maracatu. De que "nação" seria? Porto Rico? Cabinda Velha? Leão Coroado? Não me lembra. Dos melhores era, a julgar pelo apuro e dignidade do Rei, da Rainha e seu cortejo – príncipes, damas de honra, embaixadores, baianas.

Pasmei assombrado. Tudo o mais, em volta de mim era carnaval: aquilo, não. Mas o que é que me fazia o coração bater assim em pancadas de medo? Analisando agora, retrospectivamente, o meu sentimento, creio que o motivo do alvoroço estava na música, naquela música que mal parecia música – percussão de bombos, tambores, ganzás, gongos e agogôs, num ritmo obsessor, implacável, pressago...

Mesmo de longe (lembro-me de certas noites em que, na velha casa de Monteiro, a viração trazia uns ecos do batuque), o ritmo dos maracatus me invocava.

Todas essas memórias dos meus oito anos, inapagáveis como o cheiro entre-mar-e-rio dos cais da rua da Aurora, buliram em mim, mais vivas do que nunca, à leitura do livrinho *É de Tororó*, primeiro de uma série, *Danças pernambucanas*, com o qual Arquimedes de Melo Neto, diretor da editora da Casa do Estudante, acaba de enriquecer a nossa literatura musical.

A coleção é organizada e dirigida por Hermilo Borba Filho. Neste primeiro volume colaboram Ascenso Ferreira, o grande poeta do Nordeste, e Ariano Suassuna. Ascenso expõe a origem dos maracatus e como eles, destacando-se do grupo das festas dos Reis Magos (coroação dos reis nas nações negras exiladas no Brasil), entraram para o carnaval, como os temas de evocação da pátria perdida vieram sendo substituídos pelos de acontecimentos contemporâneos; e finalmente como eles têm degenerado no Recife por se afastarem da velha tradição. Ariano Suassuna escreve substancioso ensaio crítico sobre a obra de Capiba. Na verdade o livrinho é uma coleção de maracatus de Capiba, ilustrada pelos estudos do Ascenso e Suassuna e pelos desenhos de Lula Cardoso Ayres e Percy Lau.

Mas quem é Capiba? Capiba é o apelido de Lourenço da Fonseca Barbosa, pernambucano de Bom Jardim, criado na Paraíba, músico desde menino na banda regida pelo pai, o "Professor Capiba." Quando voltou ao Recife, homem-feito, foi para se tornar o compositor popular mais festejado, com os seus frevos-canções, sambas, valsas e maracatus.

Informa-nos, porém, Suassuna que Capiba não parou aí. Procurou transpor o popular para a música erudita. Assim, usou do ritmo do frevo no primeiro movimento de uma sua sonata para violoncelo e piano, escreveu toda uma série de *Canções nordestinas* onde se utilizou das formas englobadas no litoral sob o nome de "moda", e fixou temas da música negra em batuques e numa *Suíte nordestina*, esta última transcrita depois para orquestra por Guerra Peixe.

Nada conheço de tudo isso. E mais – que mau pernambucano que sou! – ignorava o próprio nome de Capiba. No entanto vejo que Suassuna dá como "a mais audaz e mais musicalmente perfeita" entre as canções do compositor nordestino aquela que tem por letra a tradução que fiz de um pequenino poema de Langston Hughes. O fragmento transcrito deixou-me com água na boca...

Dez são os maracatus de Capiba apresentados nesta coleção. Três letras são de Ascenso, as demais são do mesmo Capiba. De todos eles o que me empurrou para mais perto da minha visão no cais da rua da Aurora foi *Eh Luanda!* Reconheci logo nos acordes da mão esquerda aquele ritmo obsessor, implacável, pressago a que me referi atrás. Está ele também, mas mitigado, quase caricioso, em *É de Tororó*, onde, no quinto compasso, há uma sétima abaixada que é uma pura delícia. Esses dois e mais *Cadê os guerreiros* e *Onde o sol descamba*, este com um tema que figura igualmente na *Dança de negros* de Camargo Guarnieri, são os que me pareceram mais originais. Todos, aliás, têm o mesmo sabor forte de Nordeste.

Origem dos textos

Crônicas

BANDEIRA, Manuel. *Andorinha, andorinha*. São Paulo: Global, 2014.

"Sou provinciano" e "Lins do Rego: o romancista e o homem".

BANDEIRA, Manuel. *Poesia completa e prosa seleta*. Volume 2: fortuna crítica da prosa e prosa seleta. São Paulo: Nova Aguilar, 2020.

"Minha mãe", "Cheia! As cheias!...", "Mário de Andrade",
"Poeta da indecisão delicada", "Oswald", "Notícias de Cícero",
"Santa", "Recife", "Rio antigo", "São João", "Está morrendo mesmo",
"A festa de N. S. da Glória do Outeiro" e "Os maracatus de Capiba".

BANDEIRA, Manuel. *Poesia e prosa*. Volume II: prosa. Rio de Janeiro: José Aguilar, 1958. (Série Brasileira).

"Totônio", "Meu sobrinho Prudente", "Crônica de Petrópolis",
"Caruaru", "Visita a São Paulo", "Declaração de amor", "Paris",
"Pasárgada" e "Carnaval".

Epígrafes

BANDEIRA, Manuel. *Mafuá do malungo*. São Paulo: Global, 2015.

Abertura da seção "Família": poema "No aniversário de Maria
da Glória". Abertura da seção "Amigos": poema "Rodrigo M. F.
de Andrade".

BANDEIRA, Manuel. *A cinza das horas*. São Paulo: Global, 2013.

Abertura da seção "Cidades": poema "Enquanto a chuva cai".

BANDEIRA, Manuel. *Libertinagem*. São Paulo: Global, 2013.

Abertura da seção "Festas": poema "Profundamente".

Sobre o ilustrador

Flavio Pessoa publicou em editoras tradicionais do país, com destaque para a história em quadrinhos *A cartomante* (Jorge Zahar, 2008), adaptação do conto de Machado de Assis, e os livros infantis *Um passarinho me contou*, de Jorge Miguel Marinho (Edições de Janeiro, 2014), e *Dois amigos* (Dialogar, 2021), de Letícia Möller. Pesquisador da História da Ilustração, lançou *Jeca-Tatu a rigor: caricaturas do povo brasileiro na Primeira República (1902-1929)* (Appris, 2024), fruto de sua tese de doutorado em Artes Visuais (Escola de Belas Artes da Universidade Federal do Rio de Janeiro). É professor de Desenho na Escola de Belas Artes da UFRJ.

Sobre o organizador

Gustavo Henrique Tuna é doutor em História Social pela Universidade de São Paulo e mestre em História Cultural pela Universidade Estadual de Campinas, onde defendeu em 2003 a dissertação *Viagens e viajantes em Gilberto Freyre*. É autor das notas ao livro autobiográfico de Gilberto Freyre *De menino a homem* (São Paulo: Global, 2010), vencedor na categoria Biografia do Prêmio Jabuti 2011. É sua a seleção de textos do livro *O poeta e outras crônicas de literatura e vida*, de Rubem Braga, vencedor na categoria Crônica do Prêmio Jabuti 2018. É gerente editorial da Global Editora.

Sobre o autor

Manuel Bandeira nasceu em 19 de abril de 1886, em Recife, e faleceu no Rio de Janeiro, em 13 de outubro de 1968. Em 1904, doente de tuberculose, abandonou os estudos de Arquitetura e começou a se dedicar exclusivamente à literatura. Publicou seu primeiro livro, *A cinza das horas*, em 1917. Considerado um dos poetas brasileiros de maior influência sobre as novas gerações, foi também professor, jornalista, cronista, ensaísta e, a partir dos anos 1940, membro da Academia Brasileira de Letras.